LA POMME

ET

LA CITROUILLE,

OU

LE MYSANTHROPE VILLAGEOIS;

DRAME LYRIQUE

EN UN ACTE.

Représenté en Province & en société.

La Musique est par M. DU BOULLAY.

Prix 24 sols avec les airs notés.

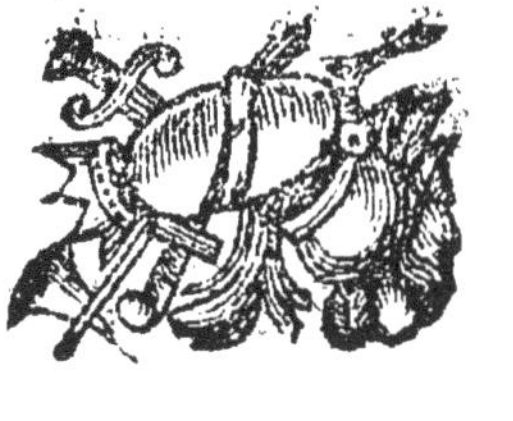

A MANNHEIM,

Et se vend à Paris,

Chez la Veuve DUCHESNE, Libraire, rue Saint Jacques, au Temple du Goût.

M. DCC. LXXIII.

On propofe une foufcription de 60 Amateurs à ráifon de 10 livres chacun, pour faire graver la Partition de la Mufique de cet Opéra Comique. Elle eft connue de MM. DUNY, PHILIDOR & RIGEL.

On livrera l'Ouvrage un mois après que la foufcription fera remplie.

Il faut s'adreffer à la Veuve Duchefne, Libraire rue Saint Jacques, & affranchir Lettres & argent.

IL eſt facile de juger que la Pomme n'a été miſe ici en place du Gland de la Fable, que pour être plus frappante ſur la Scène ; ſi à cela près cette petite Pièce approchoit de la ſimplicité & de la naïveté de ſon modele, l'Auteur qui a d'ailleurs à ſe dédommager ſur le ſuccès de pluſieurs Ouvrages en ce genre, auroit tout le prix qu'il en a recherché : avec cette intention, il n'a pas cru devoir embarraſſer ſon ſujet d'une intrigue ; perſuadé, que la vérité en feroit l'intérêt & ſeroit encore accueillie de quiconque elle eſt connue. En effet, ce nouveau Myſanthrope, trop d'après nature peut être, a paru toucher & faire rire à la fois ceux qui l'ont déjà vû ; notamment ceux qui commencent à délaiſſer les grands Théâtres où l'on ne voit plus que des roſes & des enchantemens : & tel qui ſera choqué des mots bas & groſſiers de Pomme de terre & de Citrouille, pourroit bien mériter d'être réduit à cette nourriture, plutôt que le pauvre THOMAS.

PERSONNAGES.

THOMAS, *Fermier ruiné.*

HENRIETTE, *sa fille.*

LOUIS, *Soldat vétéran, congédié.*

Le Théâtre représente un bois défriché, plusieurs arbres isolés de différentes espèces, & quelques broussailles : dans le fond, quelques champs cultivés en bleds turcs & pommes de terre, deux cahutes faites de gazon en forme de toit, hautes de terre de quatre à cinq pieds au plus ; des citrouilles çà & là ; une avec sa plante en avant de la Scène au pied d'un pommier : quelques épouvantails dans les champs faits de piquets, surmontés de vieux chapeaux & haillons, &c.

La Scène commence pendant une nuit d'Automne.

LA POMME
ET
LA CITROUILLE,
OU
LE MYSANTHROPE VILLAGEOIS.

SCÈNE PREMIERE.

THOMAS *seul, appuyé sur sa bêche.*

ARIETTE notée, N°. 1.

O Fortune injuste & bizarre,
Que tu nous vends cher tes faveurs!
Est-il bienfait de ta main trop avare,
Que nous n'arrosions de sueurs ?

Viens, viens dans nos champs d'indigence
Ramener la prospérité ;
Fais succeder le calme d'abondance
Aux frimats de la pauvreté!

A

2 LA POMME ET LA CITROUILLE,

Demain, dis-tu !... demain s'avance,
Sans voir le moment de jouir ;
Demain encor le travail recommence,
Pour ne jamais, jamais finir.

Que je suis malheureux !... J'étois riche, j'avois des fermes, des chevaux, des charrues & des valets ; & maintenant je n'ai plus que mon hoyau & quelques champs pour subsister ma fille & moi !... Encore sont-ils sans cesse à la merci du ciel & des hommes ! (*Il se promene.*) La lune paroit... le jour est encore plus éloigné que je ne comptois... Ah ! J'ai mesuré la nuit à la durée de l'orage !.. Quel temps il a fait !.. Les torrens venans des montagnes auront encore détruit mes digues : adieu mes provisions d'hyver... (*Il léve la bêche sur son épaule & s'en va...* voyons... (*Il se heurte contre une citrouille, & tombe presque jusqu'à terre*) ha ! (*Il se releve épouvanté,*) qu'est-ce que cela? (*Il tâte*) encore une (*très-haut*) citrouille !... que le diable t'emporte ! (*Il la jette d'un coup de pied dans la coulisse, & dit plus bas,*) que n'est tu, ainsi que je disois, pendue à cet arbre ? Tu n'incommoderois pas les passans... ah Thomas !.. (*La main au front.*) Pauvre Thomas !.. Je voudrois (*Plus haut*) être mort. (*Il sort.*)

SCÈNE II.

HENRIETTE, *seule.*

(Elle sort de sa cahute, qui est en avant de la Scène, sur ses genoux & se frottant les yeux.)

RÉCITATIF.

PLAIT-IL ?... Est-ce vous mon pere?..
Non... je n'entends plus de bruit... [*Elle bâille.*)
Ha.... comme la lune est claire...
Il sera plus de minuit.
Mais ...qui peut m'avoir troublée ?
Et suis-je bien éveillée ?..

Oui... j'ai rêvé
D'avoir levé
Une citrouille....
Et non , c'étoit
Hier que mon pere en parloit...
Eh ! je m'embrouille...
C'étoit je crois de mort,
On dit que c'est présage
De mariage,
Ou d'heureux sort.

A ij

A RIETTE.

Si jamais avec ce que j'aime
Mes jours étoient unis,
Et mes vœux accomplis,
Que mon bonheur feroit extrême !

Mais .... j'entends encore roder,
J'entends gronder ;
C'eſt la voix de mon pere,
Il paroit en colere . ..
Banniſſons ma frayeur,
C'eſt ſon ton ordinair e . ...
Quelle bizarre humeur ! ...

Pour moi je ſuis toujours contente,
C'eſt avec un plaiſir égal
Que je travaille , & que je chante,
Rien pour moi n'eſt un mal.

SCÈNE III.

THOMAS, HENRIETTE.

THOMAS.

Oui, oui, chante, tu as raison.

HENRIETTE.

Ha ! C'eſt vous, mon pere, je ſavois bien que je vous avois entendu.

THOMAS.

Va, va, tu n'as qu'à voir avec quoi tu nourriras tes porcs l'hyver.

HENRIETTE.

Comment ?

THOMAS.

Comment ? Tu fondois ſur tes belles pommes de terre (a) au bas de la côte ?

HENRIETTE.

Eh bien ?

THOMAS.

Emportées !

HENRIETTE.

Ah ciel ! & par qui ?

THOMAS.

Par qui ? Par l'orage.

(a) Ou crompires.

A iij

HENRIETTE.

Par l'orage ? Et je n'ai rien entendu.

THOMAS.

Je le crois bien , un fans-fouci comme toi : cela dort comme une fouche… va-t-en, va-t-en recueillir le fruit de tes peines…les eaux ont formé un ravin , comme une grange , te dis-je.

HENRIETTE , *indifféremment.*

J'en fuis pourtant fâchée !

THOMAS-

Comme tu dis cela ! oh ! Tu me fâcherois pour un rien , toi.

HENRIETTE.

Eh ! Que voulez-vous que j'y faffe ? Il faut bien s'en confoler.

THOMAS.

Et toi , tu me défoles.

HENRIETTE.

Pourquoi ? N'avons nous pas fait une récolte fuffifante en feigle ?

THOMAS.

Oui ? Et notre froment eft allé , comme l'on dit , à-vau-l'eau.

HENRIETTE.

Mais tout n'a pas été perdu.

THOMAS.

O ciel ! Tu le fais !… Au moment de la moif-fon…voilà de tes coups !

ARIETTE.

Armé de fa faucille
Et les yeux ennivrés,
Le moiſſonneur pétille
Près de ſes champs dorés ;
Déjà le vent s'éleve,
Et croît par tourbillons ;
Le ciel s'ébranle, crêve
De ſillons en ſillons ;
La foudre roule, gronde,
Fait trembler les vallons ;
La récolte féconde
Tombe ſous les grêlons,
Et bientôt flotte en onde
Sur la mer des moiſſons....
Voilà le naufrage du monde.

HENRIETTE.

Naufrage, naufrage... Mais cette fois-là il n'y a eu perſonne de noyé.

THOMAS.

Qu'eſt-ce qui te parle de gens ?... Je te parle de mes champs, de ma récolte, de mon avoir... Voilà le monde pour moi !

HENRIETTE.

Eh bien, il faut eſperer que l'année prochaine ſera plus heureuſe.

THOMAS.

Oui, oui, vis d'eſpérance ; & cette nourriture-là te menera à l'hôpital.

HENRIETTE.

Que dites-vous, mon pere?.. Vous ne fongez pas que nous avons encore fur pied deux grands arpens de farazin prêt à recueillir...

THOMAS.

Il ne l'eft pas encore ... & puis, quelle extrêmité ! qui ? moi ! manger du pain de farrazin ? du pain noir, lourd & amer ? vrai pain de la douleur que vous ne connoiffez pas vous autres oififs des Villes, que nous nourriffons, & qui ne favez ce ce que c'eft que champs, que chaumiére & que peine !

HENRIETTE, *lui preffant le bras des deux mains.*

Hélas ! eft-il poffible ? Quoi ! mon pere... Rien ne vous calme ; laiffez-moi époufer Louis ; il vient de fe retirer du fervice honorablement ; il eft riche, nous fommes laborieux, vivez avec nous ; & dès-lors, quels maux avons-nous encore à redouter ?

THOMAS.

Quels maux ? Après un an de mariage, tu m'en dirois des nouvelles ?

D U O.

HENRIETTE.
Excufez-moi, mon pere.

THOMAS.
Ce n'eft pas ton affaire.

HENRIETTE.
C'eft un très honnête garçon.

THOMAS.
Dis-moi, qui t'en répond ?

HENRIETTE.
J'ai bien appris
A le connoître.

THOMAS.
D'accord, mais il feroit peut-être
Le plus mauvais des maris.

HENRIETTE.
Non, il ne fçauroit être
Que le meilleur des maris.
Je vous en prie.

THOMAS.
Quelle folie !

ENSEMBLE.

THOMAS.   HENRIETTE.
Tous tes difcours font fu-   Eh ! quoi ! mes vœux font
perflus,   fuperflus,
Et ne m'en parle plus.   Ah ! vous ne m'aimez plus.

THOMAS.
Pourquoi fe marier ?
Pour entendre crier
Autour de foi fans ceffe
Une avide jeuneffe.

HENRIETTE.
Eh bien, mon pere,
C'eft mon affaire.

ENSEMBLE.

THOMAS.   HENRIETTE.
Crois-moi, le célibat   Non, non, le célibat
Eft un heureux état.   Eft un funefte état.

HENRIETTE.

Mais, mon pere, à vous entendre, on croiroit que vous auriez à vous plaindre de moi ... ou de ma pauvre mere.

THOMAS, *la ferrant dans fes bras.*

Moi, mon enfant ? tu me perces le cœur ! ah ! mon Henriette ; fans toi je ne ferois plus.

HENRIETTE.

Ni moi fans vous.... (*plus gaiement.*) Mon pere, pardon, mais je veux réformer votre façon de penfer : je veux vous voir encore embraffer vos petits enfans.... Oui, je veux vous racommoder avec le genre-humain, avec la nature entiere.

THOMAS.

Ce ne fera pas fans peine.

HENRIETTE.

Je ne fais rien, je ne m'embaraffe de rien ; mais tout ce que je vois m'affure qu'il exifte un bonheur.

THOMAS.

Où ?

HENRIETTE.

Par-tout où l'on veut, je penfe ; tenez, interrogez feulement les oifeaux.

THOMAS.

Oui, interroge ; comme ils te répondront !

A R I E T T E. Notée N°. 2.

HENRIETTE.

Ecoutez au printemps
L'alouette planante,

Annoncer par ſes chants
La ſaiſon renaiſſante ;
Déjà ſa voix perçante
Pénetre au fond des bois ,
La troupe gazouillante
Se réveille à la fois.
Dans nos vergers , ſur la bruyere ,
Chacun fredonne à ſa maniere
Ses plaiſirs divers :
Rien n'eſt plus touchant que leurs airs ,
Rien n'eſt ſi doux que leurs concerts ;
On croit qu'ils s'entretiennent ,
On croit qu'ils ſe comprennent ,
Et toujours joyeux
Parce qu'ils ſont heureux.
Plus aiſément
Nous pouvons l'être ;
Sachons connoître
Et ſaiſir le moment.

THOMAS.

Tu me fais pitié avec tes chanſons & ton printemps : & l'hiver donc , morbleu , l'hiver !

SCÈNE IV.

LOUIS, THOMAS, HENRIETTE.

LOUIS, *à demi voix.*

BON jour, ma chere Henriette.

HENRIETTE, *lui donnant la main.*
(*Bas.*) Ah ! te voilà !

THOMAS.
Tais-toi, tais-toi, sotte.

LOUIS.
(*Haut.*) Bon jour, pere Thomas.

THOMAS.
Ah ! voilà l'autre... Bon soir.

LOUIS.
Bon soir !... mais l'aurore va paroître ; est-ce que vous n'avez pas assez dormi ?

THOMAS.
Est-ce qu'on dort ? Est-ce qu'on se couche dans ce monde ?

LOUIS.
Et pourquoi pas ? J'avois promis à Henriette de venir ici avant la pointe du jour, vous relever, & garder vos champs contre le gibier.

HENRIETTE.
Oui, mon pere, je vous l'avois bien dit.

LOUIS.

Eh ! fans doute, vous deviez compter fur moi.

THOMAS.

Je ne compte fur perfonne.

LOUIS.

Non, mais vous comptez beaucoup fur vos imprécations continuelles... La nuit vous rêvez de phantômes, & le jour vous courez après ; comment voulez-vous avoir du repos ?

ARIETTE.

A murmurer,
A foupirer,
Pourquoi paffer fa vie entiere ?
On perd fon temps à défirer
Le bien qu'on peut fe procurer :
On voit la fin de fa carriere,
Sans réüffir
Et fans joüir.   FIN.

Tâchons de nous borner
A ce que la nature
A fû nous affigner ;
Nos foins, notre culture
Sauront plus nous donner
Que notre vain murmure ; [b]

A murmurer, &c.

----

[b] Pendant & après cette Ariette, Henriette fait un petit feu ; lequel, crainte d'accident ou d'embarras, fe peut faire dans un chaudron de fer à trois piés, rempl: de cendres, mêées de quelques charbons ardens, ou non, à volonté. Si elle dédaigne de s'affeoir à terre, il lui faut une fellette de bois très-baffe. Elle écoute par intervalles, & fait à Louis quelques fignes de modé-ration.

THOMAS.

Oh ! vous jouissez beaucoup , vous autres Militaires , avec votre gaieté affectée ! en faisant contre fortune bon cœur , n'est-ce pas ?

LOUIS , *chaudement.*

Rien d'affecté chez nous : on prend le bien quand il vient , on souffre le mal quand il le faut , & l'honneur par dessus tout ; voilà tout le secret du métier....

THOMAS.

Ce secret là est bien cher ! & l'honneur du métier. *(Il ricanne.)*

LOUIS.

Oui , sans doute , honneur à qui le fait ; honneur à qui le récompense.

(Il montre de l'index là plaque de vétérance.)

THOMAS, *ricannant.*

Mais s'il y a tant d'avantage , pourquoi revenez-vous prendre la charrue de vos peres ?

LOUIS.

Parce que j'ai du bien ; parce qu'il est autant de l'intérêt de l'Etat que du mien que je ne le laisse pas dépérir : parce que j'ai rempli ma tâche enfin.

THOMAS.

C'est-à-dire que vous voudriez que nous fussions tous soldats.

LOUIS.

A n'en pas douter : cela vous apprendroit à être contents de peu , & à être plus soumis & plus affectionnés à vos maîtres.

THOMAS.

La rare fcience !

LOUIS.

Vous avez beau dire : elle ne s'apprend malheureufement pas dans vos Colléges. (*Entre les dents.*) Où par parenthèfe vous vous feriez bien paffé de perdre votre temps.

THOMAS.

Non, mais on y apprend quelque chofe de mieux.

LOUIS.

Eh quoi ?

THOMAS.

Le latin, par exemple.

LOUIS.

On y apprend à ne rien apprendre, & à ne rien fçavoir toute fa vie ; les gens de Village n'ont pas befoin de favoir ni lire ni écrire, encore moins d'étudier ; qu'en arrive-t-il ? (*vivement.*) Un laboureur aifé fe ruine pour faire prendre le petit collet à un de fes enfants, dans l'efpoir qu'il aura chez lui une retraite fur fes vieux jours : à peine le petit fat eft-il un peu décraffé, qu'il méprife fes pere & mere jufqu'à fe faire fervir par eux : oui, fe faire fervir par eux, cela n'eft que trop commun dans nos campagnes, & cela crie vengeance.

THOMAS.

C'eft une fi belle chofe que la fcience !

LOUIS.

Qu'appellez-vous science ? Arrogance, hypocrisie, malignité, & puis c'eſt tout... Beau-pere, la bêche ou le mouſquet pour nous, il n'y a pas de milieu.

HENRIETTE.

Mon pere, voilà du feu ; les nuits ſont déjà froides, venez vous chauffer & ſécher.

THOMAS.

Eh ! ſéche-toi, toi-même !

HENRIETTE.

Voulez-vous que je vous faſſe une petite ſoupe ?

THOMAS.

Oui, avec du bouillon de nuée, n'eſt-ce pas ?

HENRIETTE.

Ou bien voulez-vous que je vous faſſe cuire quelques pommes de terre ? Oui, n'eſt-ce pas ?.. Je ſçais que vous les aimez....

THOMAS.

Va-t-en, va-t-en ramaſſer les tiennes au bas de la côte ; cela vaudra mieux.

HENRIETTE.

A propos, je n'y penſois plus.

(Elle s'en va à pas lents après avoir mis des pommes de terre dans le chaudron.)

THOMAS.

Prends garde au moins de tomber dans la ravine.

SCENE

SCÈNE V.

THOMAS, LOUIS.

THOMAS.

SI bien que c'eſt avec plaiſir que vous reve-
nez, comme l'on dit, planter vos choux ?

LOUIS.

Cela m'eſt égal : j'ai ſervi avec agrément, je la-
bourerai avec plaiſir : il n'eſt ſoldat , quelque
brave qu'il ſoit, qui n'aime à revoir ſon clocher.

ARIETTE.

Après le tumulte des armes,
Que nos champs ont pour moi de charmes!
Quels délices de contempler
Nos bois , nos pâturages!
D'entendre nos agneaux bêler,
Traverſant nos bocages!

A voir faner
Et moiſſonner
Comme le cœur palpite,
Et tendrement s'agite!

Et quel plaiſir
De s'endormir
Au bourdonnement des abeilles!
Voilà, voilà de nos merveilles,
Pour qui ſait en jouir!

B

THOMAS.

Ah ! comme je m'apprête à vous entendre dé-chanter, lorfque le Collecteur vous aura fait fa premiere vifite !

LOUIS.

Je payerai toujours mon tribut avec plaifir.

THOMAS.

Alors viendront les dixmes, les corvées, les conyois, les chauffées...

LOUIS.

Tout cela eft peut-être plus utile que pénible pour nous qui nous en plaignons.

THOMAS.

Ce n'eft pas tout... Pendant que vous ferez bien tranquillement entre deux draps, un de vos bœufs ira, par échappée, pâturer grand comme la main, du pré de votre voifin ; on le gagera...

LOUIS.

Cela eft dans l'ordre ; vous en feriez faire autant du cheval de votre propre frere.

THOMAS.

On le gagera donc : alors il vous faudra payer l'amende, le Garde, le Sergent, les Records, le Greffier, le Maire, le Lieutenant de Maire, le Procureur Fifcal, le Bailli & fon Clerc, & le diable...

LOUIS.

Je ne payerai rien que de légitime : il y a juftice pour tout le monde.

THOMAS.

Juftice ? & vous ne payerez rien !

LOUIS.

Non.

THOMAS.

Mais voici bien le plus inique : fi par malheur
le chien qui garde vos chevaux ou vos moutons
court après un lievre en rafe campagne, on le
tue, ou il vous faut payer des fommes ruineufes;
tandis que le gibier vient impunément abîmer
tous vos héritages, & vous n'ofez rien lui faire.

ARIETTE, *à paſſer ſi l'on veut.*

Le foir au coucher du foleil
Quand je veux gagner ma chaumiere,
Et réparer par le fommeil
    Ma tâche journaliere;
    La Biche avec fon Fan
        Vient broutant,
        Abbatant,
        Trépignant,
Mes feigles, mon froment;
    La Laye & fes petits,
        Vont gruger,
        Fourager,

20 LA POMME ET LA CITROUILLE,

Ravager,
Mes orges ; mon maïs. (c)
A les garder, il faut paſſer les nuits.
Le jour le Seigneur,
Son chaſſeur,
Chiens, chevaux ; & tout l'équipage
Pour un miſérable levraut,
Font mille fois plus de ravage
Qu'il ne vaut ;
Dégats nouveaux,
Point de repos.
Le ſoir au coucher du ſoleil, &c.

LOUIS.

Cela eſt fâcheux, je l'avoue : mais vous aurez beau vous plaindre, il n'en ſera ni plus, ni moins.

THOMAS.

Ni plus, ni moins ? .. Comment ! mes bleds ont été hachés par la grêle ; je ſeme de l'orge en place, les bêtes fauves en ravagent la moitié, les Chaſſeurs de Monſeigneur, l'autre ; enfin je ſème du ſarazin, à peine ſuis-je au bout de mon champ, qu'une nuée de pigeons vient fondre deſſus, & m'en enleve les trois quarts . . . Que me reſte-t-il ?

LOUIS.

Sans doute ; mais que voulez-vous ? Ce ſont les droits du Seigneur, & un chacun ne peut pas les avoir.

(c) Mais, vrai nom de ce qu'on nomme bled turc dans les campagnes.

THOMAS.

Et pourquoi pas ?

LOUIS.

Je le dis, pourquoi : parce que vous ne le pouvez pas.

THOMAS.

Je ne le peux pas...Mais je pourrois très-bien être Bailli ; j'ai étudié & j'en fais bien autant que le nôtre.

LOUIS.

C'eſt ce que je diſois, voilà le mal : il auroit beaucoup mieux valu étudier le ſol de vos champs, & les mieux cultiver, vous ne vous feriez pas ruiné.

THOMAS.

Il vaudroit mieux vous taire : Que le ciel vous béniſſe !

LOUIS.

Dites plutôt qu'il vous corrige !

THOMAS.

Et vous, qu'il vous confonde !

SCÈNE VI.

TRIO.

LOUIS.	HENRIETTE.	THOMAS.
Finiſſez tous ces mau-	(*arrivant entr'eux*)	Eh! gardez pour vous
diſſons ;		vos leçons.
Si je me mets en colere,	Eh! quoi? mon pere?	Si je me mets en colere,
A moi vous aurez à	Eh! quoi Louis?	A moi vous aurez à
faire,	Ah! ſe peut-il que des	faire.
A toi?	amis	A toi?
A moi.	Se querellent,	A moi!
Comment? Plaît-il?	Se harcellent?	Comment? Plaît-il?
Hain? Quoi?		Hain? Quoi?
Comment? à moi des	*à Thomas.*	Comment, à moi des
maudiſſons?	Ce ne ſont point des	leçons!
Ah! je pétille!	leçons,	. Ah! je pétille!
Ah! ſans ſa fille!	*à Louis.*	. Ah! ſans ma fille,
Comme je me venge-	Encore moins des mau-	Comme je me venge-
rois!	diſſons :	rois!
Comme je l'étrillerois!	Ah! pauvre fille!	Comme je l'étrillerois!
Non, non,	La paix, la paix!	Non, non,
J'en aurai raiſon.	Ayez plus de raiſon.	J'en aurai raiſon.

HENRIETTE.

Vous me déſeſpérez tous deux … De grace entendez
vous … Mon pere! Mon cher Louis, cédez.

THOMAS.

Comment? à un homme de mon âge! de ma capacité !

LOUIS.

Oui, de fa capacité : comme hier avec fa citrouille qu'il vouloit greffer fur les arbres.

THOMAS.

Sans doute : je vous en apprendrai bien de
l'autre …(*à Henriette*) Epoufe donc un homme
bouillant comme celui-là.

HENRIETTE.

Eh bien, mon pere, qu'à cela ne tienne,
pourvû que vous vous raccomodiez.

THOMAS.

Me raccomoder ?

HENRIETTE.

Je vous en fupplie : (*elle prend leurs mains
qu'elle unit*) & que ce foit à jamais.

(*Des biches ou des fangliers paroiffent dans
le fond* (d).

THOMAS, *quitte brufquement lamain de
fa fille.*

Tiens, tiens; les vois-tu ? Ah ! les chiens !
Ah ! les drôles ! Et je ne les tuerois pas !

(d) Cela n'eft pas néceffaire.

84 LA POMME ET LA CITROUILLE,

LOUIS.

ARIETTE notée, N°. 3.

Laiffez, beau pere,
Vos fufils,
Ou bien d'une ou d'autre manière
Ils vous cauferont des foucis ;
Si par malheur un Garde-chaffe
Tire fur vous & vous fracaffe,
A la maifon tout éclopé,
Vous reviendrez bien détrompé. . . . . *Fin.*
Et fi jamais dans un moment coupable,
Vous même alliez tuer votre femblable ;
Il faudroit quitter fes États ;
Henriette n'y furvivroit pas.
Laiffez, beau pere, &c.

(*Il ne fait plus clair de lune.*)

(*Pendant cette ariette Thomas va prendre un fufil qu'il a caché dans un faule creux: il y met la charge, &c. &c. Et Henriette frappe d'un bâton contre les arbres pour chaffer les bêtes fauves*).

HENRIETTE.

Oui, mon pere, écoutez Louis ; il eft fans fiel, il veut votre bien.

THOMAS.

Oui, oui, maudit Bailli ; je te ferai voir que je peux manger auffi bien du gibier que toi.

(*Il s'en va*).

HENRIETTE

Mon pere !

THOMAS.

Va, va, ne crains rien.

LOUIS, *piteusement.*

Allez donc, bonne chance !

THOMAS. *Il heurte en s'en allant un épouvantail fait comme un homme : il recule effrayé.*

Qu'est-ce encore?.. (*il examine l'épouvantail, le bourre de son fusil, & le renverse.*) Eh ! tu m'as presque fait peur.

SCÈNE VII.

LOUIS, HENRIETTE.

LOUIS.

QUELLE humeur ! Quelle bizarrerie ! Et comme cette tête-là travaille sans cesse !

HENRIETTE.

Il me fait trembler, te dis-je ; je n'ose le quitter : je pourrois très-bien me dispenser de venir ici veiller avec lui ; mais je ne suis pas tranquille quand il est loin de moi.

LOUIS.

Tu en seras recompensée, ma chere Henriette ; il faut avoir patience ; il y a du remède : ton pere eſt honnête homme, il n'a pas toujours tort; mais il a la manie de tous ceux qui veulent tout ſavoir pour avoir appris peu de choſe : il ſe font un goût & un jugement faux : l'opiniâtreté s'en mêle, & voilà leurs petits cerveaux détraqués… Les ſillons de nos champs, morbleu; voilà les livres dont il faut ſavoir tous les feuillets par cœur.

HENRIETTE.

Sans le Bailli nous en viendrons encore à bout; mais il a amodié, tu le ſais, les chaſſes de Monſeigneur; il a déjà fait faire deux ou trois rapports contre lui; il faut payer les frais.…

LOUIS.

Sans le tour du bâton.

HENRIETTE.

Ah ! ce n'eſt jamais fini : à notre dernier procès, j'allai le folliciter encore ce gros ladre de Bailli; écoute, écoute.

ARIETTE.

J'avois dans ma ſerviette
Dequoi le régaler :

(*Elle contrefait la voix du Bailli.*)

>> Qu'as-tu là ma poulette ?
>> Que vois-je ſautiller?

(*Elle fait une révérence, & parle de ſa voix ordinaire.*)

Le ciel vous tienne en joie,
C'eſt un cochon de lait,
Bien tendre, bien douillet
Que papa vous envoye;

(*La voix du Bailli.*)

» Grand merci mon enfant,
» J'en ai tant à préfent,
» Que je n'en fais que faire …
» Rapporte le moi dans un an …

(*Sa voix naturelle.*)

Et mon affaire?

(*La voix du Bailli.*)

» Elle eft très-claire;
» Tout cela s'arrangera,
» Il eft remède à cela.

(*Sa voix naturelle.*)

Dans une autre détreffe,
Je fus un beau matin
Lui porter une pièce
De toile de lin fin :

(*La voix du Bailli.*)

» Va-t'en, j'ai de l'ouvrage,
» Notre femme eft là-bas :
» D'affaires de ménage
» Je ne me mêle pas.

(*Sa voix naturelle.*)

Et mon affaire ?

(*La voix du Bailli.*)

» Elle eft très-claire,
» Ma femme l'arrangera;
» Il eft remède à cela.

LOUIS.

Parbleu, fa femme! je la connois; elle en
arrangeroit bien d'autres … Mais pour en reve-

nir à ton pere, tout cela n'arrange pas les nô-
tres : quand nous marirons-nous ?

HENRIETTE.

Je ne fais ; je fuis majeure à la vérité, je peux
difpofer de moi, mais je ne veux point le faire
fans fon aveu : il fe forge déjà affez de peines fans
lui en donner encore de nouvelles … mais pourquoi ne lui en parles-tu pas ? Il te l'a promis à
ton dernier femeftre.

LOUIS.

Lui en parler ? Et m'en laiffe-t-il le temps ? j'ai
déjà fort à faire de lui tenir tête : tu vois comme
il s'emporte. Tiens, il lui faudroit une bonne
campagne.

HENRIETTE.

A fon âge ? (*Elle va tirer des pommes de terre
du chaudron.*)

LOUIS.

Tu verrois comme il trouveroit tout bon à fon
retour … mais, le jour commence à poîndre,
ton pere ne revient pas ; il m'inquiète, je vais
voir après lui.

HENRIETTE.

Oh ! je t'en prie, mon cher Louis … tiens,
amufe-toi en chemin faifant, à manger quelques
pommes de terre ….

LOUIS.

Volontiers.

HENRIETTE.

Je voudrois avoir à t'offrir quelque chofe de
mieux.

LOUIS.

Quelque chofe de mieux ?... C'eſt un mets qui ne paroit groſſier qu'aux yeux de ceux qui ignorent comme il vient, ainſi que les bonnes choſes.. pour moi, je le trouve nourriſſant, délicat & léger... & de ta main c'eſt un régal... demande, demande à nos François comme ils l'ont trouvé, ces dernieres guerres en Allemagne !

HENRIETTE.

Ah çà, ne demeure pas trop long-temps.

LOUIS.

Non, grand-merci...

(Il paſſe en s'en allant à travers les brouſſailles, laiſſe tomber quelques pommes de terre, & ſe baiſſe pour les ramaſſer).

SCÈNE VIII. *& derniere.*

HENRIETTE, LOUIS, THOMAS.

THOMAS, entre d'abord ſur la ſcène le dos tourné, puis ſe retournant couche en joue Louis.

OH ! pour le coup en voilà encore un. (*Il preſſe la détente du fuſil, l'amorce ſeule prend.* (e)

LOUIS, ſe relevant & courant à Thomas.

Ciel ! Que faites vous ?

[e] Pourvû que l'on vóye quelques étincelles de la pierre du fuſil, cela ſuffit.

HENRIETTE, *criant.*

Miféricorde ! (*Elle court à Louis*).

THOMAS.

Oh ! ciel !.. Ah Louis !.. Ah mon cher ami !...
(*Ils fe tiennent un moment embraffés en filence.*)

LOUIS, *pénétré & interdit, à Thomas.*

Eh ! Que vouliez-vous faire ?

HENRIETTE.

Ah ! Je n'ai pas une goute de fang dans les
veines,

THOMAS, *à genoux.*

Pardon, mon ami, pardon mille fois... je vous
ai pris pour un fanglier.

LOUIS.

Pour un fanglier !.. Et fi malheureufement
votre fufil étoit parti ? (*Il fait jour.*)

HENRIETTE, *les mains élevées.*

O ciel ! Tu ne l'as pas voulu.

THOMAS, *toujours à genoux.*

Non, le ciel ne l'a pas voulu.

LOUIS.

En êtes vous bien perfuadé ?

THOMAS

Oui, à jamais !

LOUIS

Qu'eft-ce que je vous avois dit ?

THOMAS.

Vous aviez raifon ; j'embraſſe vos genoux.

LOUIS.

Point d'humiliation, quand on n'eſt pas coupable : embraſſez-moi, (*tendrement.*) mais cor-
rigez-vous.

THOMAS.

Oui, mon ami, je te le promets, (*il l'embraſſe.*)
Viens auſſi, ma chere Henriette ... oui, je vais de
ce pas briſer mon fuſil en mille pièces ! (*Il va le
ramaſſer.*)

HENRIETTE.

Ah ! mon pauvre Louis !

LOUIS.

Voilà comme les malheurs arrivent ! & voilà
l'effet des armes à feu entre les mains de gens
qui ont la tête chaude !

THOMAS *revenant, briſe ſon fuſil.*

Tiens, tiens, maudit, déteſtable, abominable,
exécrable, diabolique, infernal fuſil !

LOUIS.

Beau-pere, à votre place j'en garderois le
canon.

THOMAS.

Pourquoi ?

LOUIS.

Pour ſouffler votre feu ſur vos vieux jours, &
pour vous reſſouvenir de moi.

THOMAS *lui sert la main.*

Ah ! mon ami, je n'oublierai jamais, ni toi, ni ta leçon ; (*à part*) je meurs de lassitude & de sommeil.

LOUIS.

Vous oubliez pourtant quelque chose.

THOMAS.

Quoi ?

LOUIS.

Vous m'aviez promis Henriette.

THOMAS . . . *froidement.*

J'entends ; vous me demandez le prix de mon étourderie, (*embarassé*) il vous est dû.

LOUIS.

Moi, vouloir en profiter ? . . Non, rien de force, ni par subtilité !

THOMAS.

Eh bien, nous y réfléchirons : nous aurons tout le temps d'en causer demain.   (*Il s'assied au pied du pommier.*)

LOUIS.

Soit.

HENRIETTE.

Eloignons - nous, peut-être qu'il s'endormira. (*Ils vont s'asseoir auprès du peu de feu qui reste encore.*)   **THOMAS.**

THOMAS.

Je fuis fi accablé que je crois que la tête me tourne . . (*Il bâille & fommeille par intervalles, & confidere encore la citrouille & l'arbre tour à tour.*) Il faut avouer pourtant . . . que cela eft bizarre . . . cela, & autre chofe . . . Par exemple, pourquoi le terrein de mon voifin eft - il meilleur que le mien ? . . . Pourquoi ne produit-il pas tous les ans & en tout temps ? . . . Pourquoi ? . . . Pourquoi ? . . & pourquoi fuis-je malheureux ?

LOUIS.

Pere Thomas . . . chut ! . . . . Vous me l'avez promis.

THOMAS.

Mais, mes réflexions ne font de mal à perfonne, (*à part*) je n'en puis plus . . .

HENRIETTE.

S'il pouvoit dormir.

THOMAS. . . *Il appuye un bras fur la citrouille, & couche fa tête fur fon bras du côté du fpeétateur.*

RECITATIF.

Oui . . . je donne au diable la chaffe . . .
(*Il fe retourne.*)
Que dites-vous là-bas ? . . .

HENRIETTE.

Eh ! nous ne parlons pas.

C

THOMAS, *de rechef sur son séant.*

Cette citrouille m'embarrasse...
Pardon mon cher Louis...

LOUIS.

N'ayez plus de soucis...

THOMAS.

Oui, citrouille rampante!
Il valoit mieux que celui qui te fit,
A ce gros arbre te pendit,
Tu serois moins gênante;...
Et puis, comme j'ai dit,
A tel arbre tel fruit,
C'eut été mieux l'affaire;
(*Il se couche sur la citrouille, le visage vers le Ciel.*)
Oh! j'ai toujours raison...
Henriette?

HENRIETTE, *à demi voix.*

Mon pere?

LOUIS.

Paix... chut... Il ne répond,

THOMAS... *s'endormant.*

Oh! j'ai toujours raison.

LOUIS.

Il s'endort tout de bon.

DRAME LYRIQUE.

DUO.

LOUIS & HENRIETTE.

O propice sommeil,
Viens appaiser un pere !
Et qu'un heureux reveil
Deffille sa paupiere !
De l'incrédulité,
Que le voile soit écarté ;
Et laisse briller la clarté,
De la félicité !
Que ce repos
Le dédommage,
Et le soulage
De tous ses maux !

(*Les arbres sont agités par gradation.*)

LOUIS.

Nous avons déja gagné un grand point ; c'est
de l'empêcher de braconner.

HENRIETTE.

Oui, mais cette leçon a manqué de nous coû-
ter cher.

LOUIS,

Ah ! ma chere Henriette ! il falloit que ce fût
ton pere pour me contenir & lui pardonner.

HENRIETTE.

Comment pourrai - je m'acquitter de tout ce
que je te dois !

LOUIS, *il l'embrasse.*

Comme cela , . . . & puis comme l'on dit, un bon mariage payera tout.

(Une pomme tombe sur le nez de Thomas : il s'éveille en sursaut, porte la main à son nez, & court inconsidérément toute la scène.)

TRIO FINAL.

THOMAS.

Qui va-là ?
Ahi le nez ;

LOUIS.

Alte-là ;
Holà,
Mais vous déraisonnez.

HENRIETTE.

Qu'avez - vous ?
Tout doux ;
Calmez votre couroux.

THOMAS.

Si je savois qui m'a frappé ,
Il y seroit trompé.

LOUIS & HENRIETTE,

Ce n'est personne ;
(à part) Il déraisonne ,
(haut) Vous vous êtes trompé.

LOUIS.

Je suppose
Qu'il est tombé
De-là-haut quelque chose.

THOMAS.

Non, non, c'étoit un homme.

LOUIS.

Non, c'étoit une pomme
Qu'a fait tomber le vent.

THOMAS.

Une pomme ?

LOUIS & HENRIETTE.

Assurement,

THOMAS.

Une pomme ?

LOUIS, *la ramasse.*

La voilà, jugez – en :

HENRIETTE.

Ce ne peut être autrement ;

THOMAS.

Une pomme ?

LOUIS.

Eh bien ?

THOMAS.

Eh bien, je vous entends ;

LOUIS.

Eh bien ?

THOMAS.

Eh bien, je vous comprends;
Si cet arbre en effet,
Eut produit un tel fruit,

THOMAS . . . . . De moi.
LOUIS & HENRIETTE... De vous. } C'eut été fait.

LOUIS.

Eh bien?

THOMAS.

Eh bien, ne murmurons de rien;
Tout est bien, tout est bien.

HENRIETTE.

Pas encore, mon pere.

THOMAS.

Ah ! j'entends ton affaire.
Mariez-vous, foyez contents;
Embraffons-nous, mes chers enfans.

Viens, ô citrouille chère!   { Il la cueille
Viens dans notre chaumière { & l'emporte
Etre à tout mécréant
Un exemple vivant.

TOUS.

Jouiffons; cultivons
Le peu que nous avons;
Ne murmurons de rien,
Tout est bien, tout est bien.

FIN.

No. 1. ANDANTE.

C iv

LA POMME ET LA CITROUILLE,

champs d'in - di - gen-ce. Ra - me - ner
la pros-pé - ri - té : Viens, viens, fais suc-cé-
der le cal-me d'abon - dan-ce Aux frimats de la pau-vre - té. Demain, dis-
tu ? Demain s'a - van - ce, Sans
voir le mo - ment de jou - ir : De - main
en - cor le tra - vail re - com - men - ce.

42 LA POMME ET LA CITROUILLE,

Nº. 2. *ANDANTINO.*

nan - - - te, An-non-cer par ses
chants, La fai + son re - - - - naif-
fan - te: Dé - jà fa voix per - çan-te,
Pé - nétre au fond des bois; La trou - pe
ga - - - zouil - lan - te,
Ga - - - zouil - - lan - te:
La trou - pe ga - zouil-lan-te, Se

44 LA POMME ET LA CITROUILLE,
ré-veil-le à la fois. Dans nos
ver-gers, fur la bruy-e-re, Chacun fré-don-ne à fa ma-
nié-re; Ses plai-firs di-vers; Ses
plai-firs di-vers; Rien n'eft
plus tou-chant que leurs airs;
Rien n'eft plus doux que leurs con-

certs : On croit qu'ils s'entre- tien - nent ; On

croit qu'ils se com- -preh- -ment, Et

tou- jours - joy- eux, Par - ce

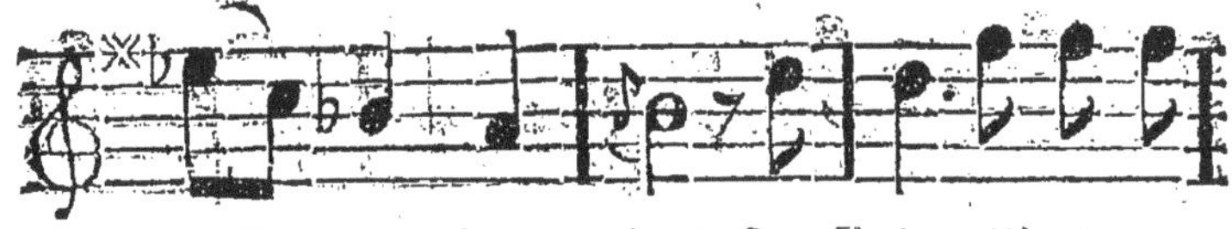
qu'ils font heu- reux : On croit qu'ils s'entre-

tien - nent ; On croit qu'ils se com - prennent, Et

tou- jours- joy- -eux, Par - ce

qu'ils font heu- -reux. Plus ai-

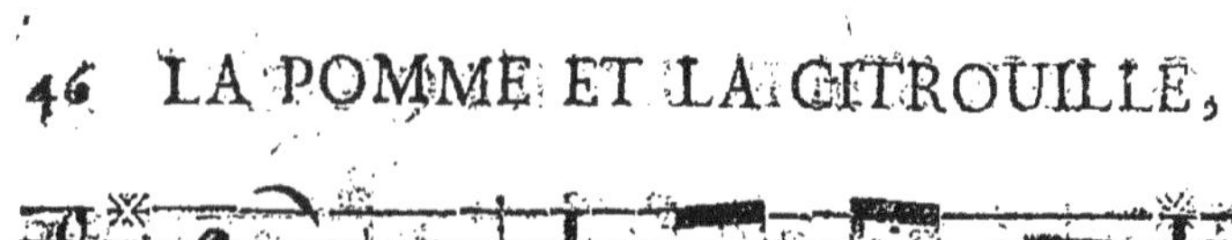
sé — ment nous pou — vons

J'ê — tre; Sça — chons con — noî — tre; Et

fai — sir le mo — ment; Sça — chons con —

noî — tre; Et fai — sir le mo — ment; Et

fai — sir les mo — ment.

N. 3. ALLEGRO.

Lais — sez, beau — pè — re,

vos fu — fils; Lais — sez, beau — pè — re,

vos fu - fils: - Ou bien d'u-ne bu d'autre ma - niè - re Ils vous cau - se - ront
des fou - cis: Si par mal-heur un
Gar - de - chaſ - se - Ti - re ſur
vous & vous - fra - caſ-ſen
A - la mai - ſon tout é - clo-
pé, tout é - clo - pé, Le dos cour-

48 LA POMME ET LA CITROUILLE,

ces É - tats; Il fau-
droit quit-ter ces É - tats, Hen - ri-
et - te n'y fur-vi-vroit pas; Hen - ri-
et - te n'y fur - vi - vroit pas: Laiffez, beau - pè - re, vos fu-
fils, Laif - fez, beau - pè - re,
vos fu - - fils, Ou bien d'une
D

ou d'au - - tre ma - nié - re Ils
vous cau - se - ront des foucis; Si, par mal-heur, un Gar - de-
chaf- fe, Ti - re fur vous &
vous fra - - caf- fe! A la maifon, tout é- clo - pé, tout é - clo-
pé, Le dos cour-bé, Vous re - vien-

FIN.